第26回

吉備路文学館

少年少女の詩

にわとりとひよこ
小1年　おん田 ももか

●後　援●
岡　山　県　教　育　委　員　会
岡山県小学校国語教育研究協議会
岡　山　作　文　の　会

少年少女の詩・目次

キツネさんとクリスマス
小1年　中本 えな

扉絵・さし絵の紙版画は
岡山県立岡山聾学校小学部のみなさんの作品です。

目次

〈最優秀賞　一篇〉

バッティングれんしゅう　岡山・芥子山小一年　みぞ口　太よう……8

〈優秀賞　六篇〉

おかあさんのおはし　岡山・陵　南小一年　やまもと　はな……12
ならの大ぶつさま　岡山・岡山中央小二年　細ば　なおと……14
大きくなってね　ゆいむくん　瀬戸内・邑久小三年　片山　祐……17
みんなが幸せであるために　高梁・有漢西小四年　佐分利　歩未……20
登校旗の重み　倉敷・玉　島小五年　冨永　悠衣……25
ひいじい　岡山・津　島小六年　勅使川原　綾乃……28

〈入選　三十一篇〉

ぼくのおかあさん　岡山・津　島小一年　さの　りょういち……32
もしもまほうがつかえたら　倉敷・葦　高小一年　はたもと　あゆ……33
なみだのあじ　倉敷・上　成小一年　たけまさ　かい……36
なみ　倉敷・連島神亀小一年　いくとう　すず……38
空とわたしのこころ　岡山・高　島小二年　林　ななは……40
せみ　岡山・芳泉小ひばり分校二年　木阪　江莉奈……42
やさしいおかあさん　岡山・御　野小二年　有元　月那……44
シチュー　岡山・岡山聾小二年　近どう　な南……47
カエル　倉敷・富　田小二年　かたおか　ひなた……49
風とぼくとおばあちゃん。　岡山・大　元小三年　田わ　朝ひ……52
ぼくのお兄ちゃん　岡山・平　井小三年　平野　そう……54

でんしゃでいこう
小1年　たかお しゅんすけ

おかたづけマシーン　岡山・陵南小三年　井口海翔……57
真夏の感動　岡山・陵南小三年　楠戸孔介……59
手をつなごう　倉敷・連島神亀小三年　若林璃香……62
夜ふかしオリンピック　岡山・岡山中央小四年　三神咲月……65
はじめてのどうメダル　岡山・旭操小四年　大森ま広……68
最高のピアノ発表会　岡山・津島小四年　十鳥明里……70
るすばん　岡山・津島小四年　中務恭宏……73
ひいおばあちゃんの川柳　倉敷・玉島南小四年　形山結香……75
父さん　津山・北小四年　小林陸斗……77
磁石の二人　倉敷・葦高小五年　中山愛梨……79
夏休みの宿題　倉敷・富田小五年　井頭友香……80
成長した僕　倉敷・中庄小五年　桜井理玖……83
しいたけ大きらい　倉敷・中庄小五年　堀池昂輝……86
家族の色　倉敷・中洲小五年　守谷鈴……89
灯ろう流し　岡山・幡多小六年　谷あゆみ……91
「おかえり。」　岡山・幡多小六年　細川紗菜……94
組体操　倉敷・第四福田小六年　辻川峰丈……97
こんにちは、ひまわりです。　倉敷・連島神亀小六年　宮本芽衣……100
あなたへ　高梁・有漢西小六年　佐分利來未……103
東部陸上記録会　備前・東鶴山小六年　小野田如花……106

わくわくクリスマス
小１年　にし山 まり

〈佳作　三十五篇〉

おとうと	岡山・伊　島小一年	はらだ　みき	110
かわいいプリン	倉敷・乙　島小一年	あさはら　みさき	111
はをぬいたよ	倉敷・連島神亀小一年	金　光　柏	114
ひまわり	倉敷・中　洲小一年	せきとう　あおい	116
たからもの	赤磐・石　相小一年	ふじわら　のあ	117
せんそうとへいわ	岡山・御　野小二年	やざき　みゆう	119
見つけたよ	岡山・陵　南小二年	しばた　かのん	121
もちつき	岡山・岡山聾小二年	かげ山　しょうや	123
ドキドキ	倉敷・葦　高小二年	加とう　あい理	124
さんかん日	倉敷・乙　島小二年	赤ざわ　るな	126
お手つだい	岡山・城東台小三年	馬場　康心	127
たからもの	岡山・陵　南小三年	秋山　歩奏	129
ミカンとバナナ	岡山・岡山聾小三年	大山　甘望	132
わたしのお姉ちゃん	倉敷・第二福田小三年	せと　よう子	134
家のプチトマト	倉敷・第二福田小三年	まつ下　しんご	136
ぼくとらんちゅう	倉敷・富　田小三年	大月　たい正	138
習字にちょうせん	倉敷・長　尾小三年	間野　陽成	140
特せいカレーの作り方	岡山・　西　小四年	瀬尾　遼介	143
星の歌	岡山・岡山聾小四年	小川　寛仁	146
五十メートルプール　クロール	倉敷・児　島小四年	内田　大智	148
歌がすき	倉敷・連島神亀小四年	宮崎　ゆめ	150
努力	倉敷・長　尾小四年	宮田　葵	153
いろいろな朝	倉敷・長　尾小四年	守分　あやの	156

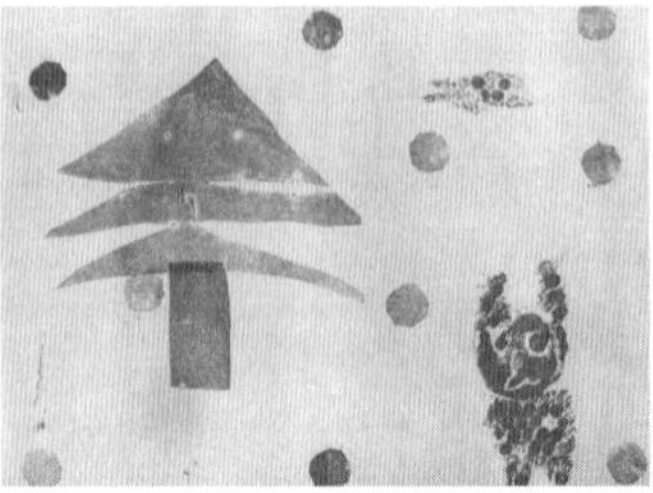

クリスマスツリーを見るうさぎ
小3年　虫明 実結

トラック
小2年　みねしげ あきたか

青銅浮彫「ミネルヴァのふくろう」
新制作協会会員　大桐國光先生作

注…ローマ神話のミネルヴァ《ギリシャ神話ではアテナ》は知恵の女神で、ふくろうはこの女神にささげられた聖鳥です。それで「ミネルヴァのふくろう」と言えば知恵のシンボルマークとされています。

また、ふくろうのわきにあるオリーブは、人間社会に役立つものとしてミネルヴァが創った樹なので、昔からふくろうと一しょに描かれています。

この作品は吉備路文学館開館の記念碑デザインで、最優秀賞受賞者へメダイユを贈呈しています。

最優秀賞　一篇

ねこ
小2年　三やけ 一よ

注文の多い料理店
小5年　久保 陽菜

バッティングれんしゅう

岡山・芥子山小学校一年
みぞ口　太よう

とうちゃんとバッティングセンターにいったよ。
とうちゃんはビューン・カキーン。
わらってた。きっとうれしんだな。
25本うって、25本ぜんぶうった。
すごいな、かっこいいな。
とうちゃん、てんさいだ。

ぼくは、ブンといったけど、うてんかった。
なんでうてんの?
このこのー、とうちゃん、うざいぞ!!

25本ぜーんぶうてんかった。

よくみたら、
とうちゃんのおとは、
ビューンでぼくよりはやい。
とうちゃんのあしは、たってたところに、
ちゃんともどっている。
ぼくは、うったあと、
あしがどっかにいって、クルンとまわる。
ぼくも、うてるようになりたいな。

いえにかえってれんしゅうしたよ。
とうちゃんは、いった。

「バットをまっすぐよこにふるんよ。」

かあちゃんは、なべをボールがわりにした。

「よーくなべをみてバットをふるんよ。」

はじめは、かあちゃんをたたくばかりした。

だんだんバットのおとがビュンになった。

なべにもゴーンとあたりだしたよ。

とうちゃんもかあちゃんも、

「すごい。」

とほめてくれた。

やったあ。

こんどバッティングセンターにいったら、
ぜったいにうつぞー!!

てんさいたいいようをめざすぞ!!

優秀賞　六篇〈学年順〉

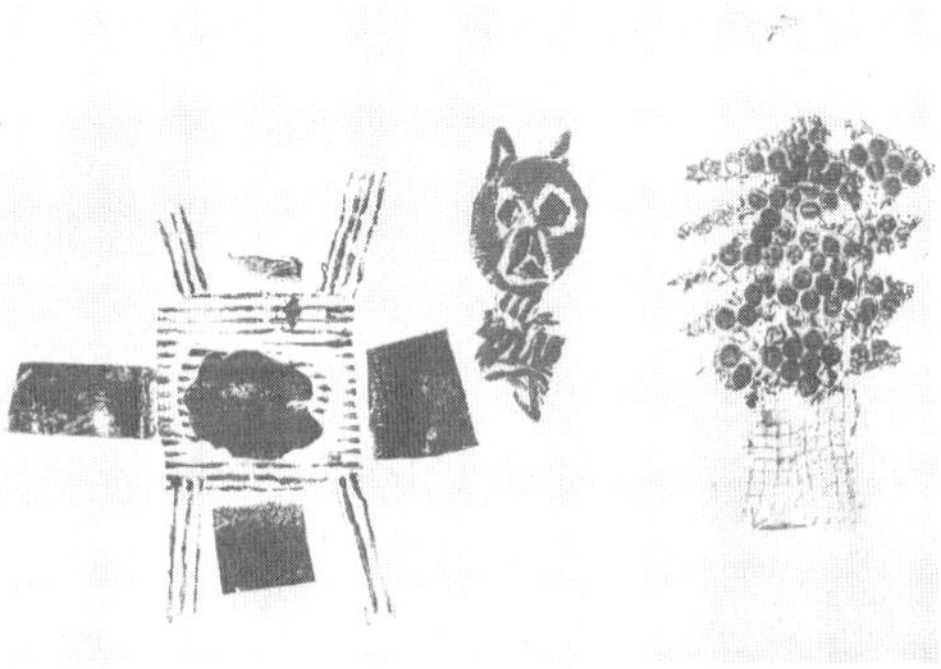

メリークリスマス
小3年　大山 永望

力強い犬
小4年　小川 寛仁

おかあさんのおはし

岡山・陵南小学校一年
やまもと　はな

おかあさんのおはしでたべると
どうしておいしいのかな

おさらにおおきなにんじんがひとつ
のこってしまったよ
おかあさんがおはしでつまんで
おくちのなかにいれてくれた
なんだかおいしかったよ

うつわのなかにやさいが

ちらばってしまったよ
おかあさんがおはしで
「あつまれ」してくれた
ぜんぶきれいにたべられたよ
おかあさんのおはしでたべさしてもらうと
どうしてなんでもおいしいのかな

ならの大ぶつさま

岡山・岡山中央小学校二年
細ば　なおと

はじめておとうさんと二人たび
ならの大ぶつさまに会いに行ったよ
大ぶつさまは
ぼくを待っていた
だって
とてもしんけんなかおでぼくを見ていた
大ぶつさまは
あつさにもまけていなかった
クーラーがきいていなくても
じっとうごかずに

しずかにすわっていた

大ぶつさまはぼくに言った
「でしにしてあげよう」
ぼくがでしになったら
大ぶつさまとずっといっしょ
ぼくは大ぶつさまのように
しんけんなかおで
じっとうごかず
しずかにすわっていられるかな

ぼくは
サッカーがもっと上手になりたい

せかいじゅうの
いろんなところに行ってみたい
おいしいものを
たくさんたべたい
おにいちゃんとケンカもするけれど
おかあさんによくおこられるけれど
やっぱりぼくのいえが一ばんだ

大ぶつさま
でしになるのは
もうちょっと考えさせてください

大きくなってね　ゆいむくん

瀬戸内・邑久小学校三年
片山　祐

よくねむるよ　コアラのように
よく泣くよ　カラスのように
よく飲むよ　子牛のように
元気に動くよ　おさるのように

おめめぱっちり　子ねこのように
おはだふわふわ　くらげのように
お顔まん丸　りんごのように
ほっぺはまっか　夕日のように

においやわらか　いいにおい
お母さん大好き　二十四時間えいぎょう
ぼく達いやされ　にっこり笑顔
よく見て考え　しんけんな顔つき

おなかの中では　豆ちゃんと名付け
産まれたあとは　かたやま　ゆいむ
でも　今もぼくは　豆ちゃんとよぶ

だっこをするとき　ドキドキするよ
ぼくに重くもたれてくる
おとさないように　おこさないように
目の前のね顔に　ワクワクするよ

ぼくにとって　ゆいむとは
かわいい弟
大切な弟
二人目の弟
家族の新人

やさしく　大切にだっこするよ
泣いたときには　そっと声をかけるよ
おふろのじゅんびや
おむつかえのじゅんびも
ぼくにまかせてね

みんなが幸せであるために

高梁・有漢西小学校四年
佐分利　歩未

目の不自由な人の番組を見た。
目の不自由とはどんな事だろう。
どう感じているのだろう。
社会で差別されることなく生きていくためには、私たちに何ができるだろう。
まずは私自身がその世界を経験してみた。
おふろ
いつも入っているおふろなのに湯ぶねに入る時、こわかった。
いたかった。
うまくできないことが悲しかった。
ボディソープとまちがえて

リンスを体につけた。
ヌルヌルして気持ち悪かった。
点字の大切さを知った。

食事

「ご飯ができたよ。」
と言われて席にすわった。
でも何も分からない。
お皿の位置もメニューも何もかも、
でも家族が食器を取ってくれた。
メニューを教えてくれた。
分かってうれしかった。
でもあまり味は感じない。
みんなおいしいと言っているのに。

もっといろいろ教えてほしい。
「何が何個ほしい？」と聞いてほしい。
自分の食べたいように食べたい。

遊び
ジャンケンをした。
ふつうのジャンケンをした。
勝ったのか負けたのか分からない。
相手が勝ったとウソをつかれた。
悲しい。くやしい。
だからみんなで言葉ジャンケン。
勝ち負けが分かってとてもうれしかった。
楽しくていっぱい笑った。

移動

なれた家なのに、不安で足が動かない。
だから手を組んでもらった。
ホッとした。安心した。
いつもならできるのに…。
だんさのある所はとくにこわかった。
おされるかもと考えてしまう。
優しく助けてもらえると
本当にうれしかった。

みんながゆたかにくらせる社会。
みんなが自分らしくくらせる社会。
そんな社会にするために
相手の気持ちによりそいたい。

笑顔を共有するために何が必要か、
つねに考える自分でありたい。

登校旗の重み

倉敷・玉島小学校五年
冨永　悠衣

「今日もがんばるぞ」
前のはん長から
バトンをうけとった
大事な役目をひきついだ
少しでもいいはん長に
なるぞと心に決めた

一年生の歩く早さが
ペンギンのようにゆっくりと
チョコチョコチョコチョコ
私は犬のようにかろやかと

トコトコトコ
そんな時重い荷物をもつ一年生
天使のようにかわいい顔から
悪魔のようなこわい顔へ変身する
「荷物を持ってあげようか」
と声をかける
「ありがとう」
とうれしそうに天使の顔が
もどってくる。
私もうれしくなり笑顔になる

時にはノロノロとおしゃべりして
列の間があく事もある
私は一生けん命　がんばっているのにと

辛くなる事もある
車がそばを通って　ヒヤッと
する事もある
はん長になって大変さを
実感した

「今日も無事にすんだ」
学校に着き　ホッとする
責任あるはん長
みんなのために頑張っている自分をほめ
そして今までのはん長に
「ありがとう」と感謝する

ひいじい

岡山・津島小学校六年
勅使川原　綾乃

「ひいじい。」

私がそう呼ぶといつもすぐに、

「おう、おう。」と返事をしてくれる。

「ひいじい、はさみしょうぎしよう。」

私が負けても、

「強いのう、まいったのう。」

「ひいじい、ピアノを聞いて。」

必ず大きな拍手をしてくれて

「りっぱなのう。上手じゃのう。」

にぎやかな食卓を囲み、家族みんなの前でいつも私をほめてくれるひいじい。

お酒を飲むと、ほっぺたをピンク色にして、15才の時、予科練兵として志願し、飛行兵の厳しい訓練を受けた話や、亡くなった友達の話をしてくれた。そして必ず最後に、

「何があっても戦争は絶対にしてはいかん。」

ひいじいの病気が見つかった時、今なら手術ができると告げられたのに、ひいじいは、

「わしは戦争で、あの時本当は死んでいた。今まで仲間の分まで生きさせてもらった。」

そして、私の小学校最後の夏休み。

ひいじいはもういない。

やさしいけれどがんこなひいじい。

あっ、
庭にきれいな模様の、黒くて大きな羽のちょうがヒラヒラ飛んできた。じっと目で追ってみる。ちょうと私の目が合った。

ひいじいだ。

会えなくなったんじゃない。今年もいつもと同じように私に会いに来てくれたんだ。

さみしいけれど悲しくない。

いつも私を見守ってくれているのだから。

ありがとう、大好きなひいじい。

入選　三十一篇〈学年順〉

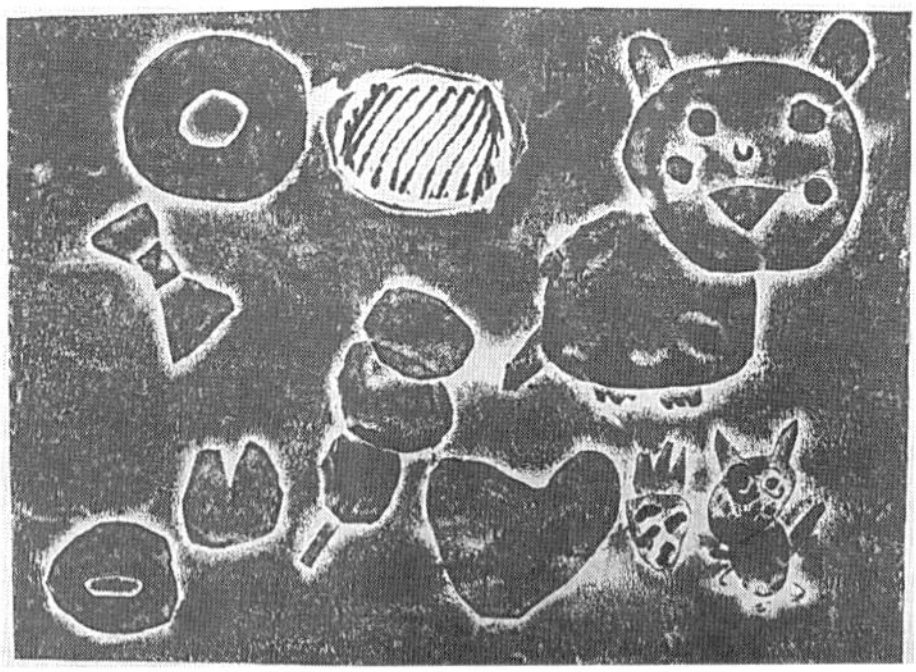

しあわせなともだち
小２年　近どう な南

６年間の思い出—学園祭—
小６年　佐藤 秀祐

ぼくのおかあさん

岡山・津島小学校一年
さの　りょういち

ぼくのおかあさんはてんのこころとじごくのこころがある。
じごくのときは、まるでようかいうぉっちのぬらりひょんだ。
てんごくのときはいっしょにさっかあをしてくれる。
おかあさんはだいすきだ。
おかあさん、ぼくといっしょにいてくれてありがとう。

もしもまほうがつかえたら

倉敷・葦高小学校一年
はたもと　あゆ

もしもまほうがつかえたら
そらをとんでみたいな
そらをとんで、しまにいって
かいがらをいっぱいさがしたいな
かもめさんとおともだちにもなりたいな
そらはてんごくにもちかいのかな
てんごくのだいすきなおじいちゃんに
まえむきダンスをみせてあげたいな
でも、そらでごはんをたべすぎたら
とべなくなって、おちてしまうのかな

もしもまほうがつかえたら
どうぶつとおはなしもしたいな
「うさぎさん、どうしてみみがながいの」
みみがながかったら
わたしのないしょばなしもきこえるのかな
「パンダさん、ささのははおいしいの」
わたしは、みどりのやさいが
あまりすきじゃないよ
「チーターさん、どうしてそんなに
　あしがはやいの」
わたしは、あしがおそいから
どうやったらはやくはしれるか

おしえてほしいな

なみだのあじ

倉敷・上成小学校一年
たけまさ　かい

くやしくて、ないたとき
しょっぱいなみだのあじがする。
お母さんに、おこられてないたとき
からいなみだのあじがする。
おもしろくてわらったとき
なみだのあじは、あまかった。
なんでだろう。

ぼくのきもちで、なみだのあじがかわってる。
なみだは、ふしぎなちょうみりょう。

なみ

倉敷・連島神亀小学校一年
いくとう　すず

なみってどこからくるのかな
せっかくきたとおもったら
すぐにかえっていっちゃった

なみってどうしてくるのかな
うみでうきわでうかんでいたら
なみがおかあさんのところまで
はこんでくれたよ
ふわりふわり

ての上のすなだって
なみがおそうじしてくれる

すなでつくったおしろも
なみがまっすぐにしてくれる

なみってどうしてしろいのかな
やってきたなみをじっとみてたら
ほうせきみたいに
きらきらきらきらきら

空とわたしのこころ

岡山・高島小学校二年
林　ななは

はれた日の空は、たのしくて大きなこえでわらうわたし。

あめの日の空は、おかあさんにおこられてないているわたし。

くもりの日の空は、できなかったらどうしようとふあんになったわたし。

たいふうの日の空は、思ったように出きなくて、もうどうでもいいといらいらしているわたし。

はるのあたたかい日の空は、うれしくてうきうきしているわたし。

なつのあつい日の空は、やるぞってちょうせんするわたし。

あきのゆうやけの空は、「ただいま。」って早くいえにかえりたくなった時のわたし。

ふゆのゆきの日の空は、なんだかさびしいきもちのわたし。

にじが出たら、よいことがありそうでわくわくするわたし。
ぼーっと見る空。
大すきな空
大きい大きい空。
わたしのこころとおなじだね。

せみ

岡山・芳泉小学校ひばり分校二年
木阪　江莉奈

せみはきらい
一日中ないているから
せみはなんでないているの
わたしはおこられたらなく
いじわるされたらなく
ママがいないとなく
せみはなんでないてるのかな
おなかがすいたから
かぜをひいたから
おにいちゃんとけんかしたから

すずめさんにきいてもらおうかな
せみにきいてみたいけどきかない
ないているときはやさしくそっと
見ててほしいから

やさしいおかあさん

岡山・御野小学校二年
有元　月那

おかあさんが
つかれたようすで
しごとからかえってきた
じぶんからわがままだとわかっていた
でも
「ハンバーグがたべたい」
おこられると思っていたが
おかあさんが
やさしいこえで
「いいよ」といってくれた

とてもうれしかった

テーブルの上には
わたしがすきなのばかり
わたしのわがままに
おかあさんは
かたがいたいし
つかれてもつくってくれる
おかあさんが
大すきです

わたしも
つくりかたをおそわって

こんどはわたしが
おかあさんに
つくってあげるばんです

シチュー

岡山・岡山聾学校小学部二年
近どう　な南

冬のさむい日
きょうのごはんは何かなあ
おにいちゃんとこたつでまっていると
おかあさんがおもいなべをもって
「ごはんだよー。」
とやってくる
ミトンでふたをあけると
白いゆげがもくもく顔にかかる
しあわせなにおいもする
「シチューだ。」

わたしはとってもしあわせな気もちになる
家ぞくみんなで
「いっただっきまーす。」
おいしいシチュー
みんなしあわせそう
ありがとう、おかあさん
またさむい日にいっぱい作ってね

カエル

倉敷・富田小学校二年
かたおか　ひなた

みどりのまめのはのあいだに、
みどりのカエルがいた。
わたしは、思わず手をさしのべて
手のひらにのせた。
「うわ、ぬるぬるする。」
わたしのようすを見ていた
おとうとがとんできて、
「ひなちゃん、カエルなん。」
とぴょんぴょんとよろこんで
とびはねている。

おとうとといっしょに、
ビニールプールにカエルを入れた。
カエルは、きもちよさそうに
スイスイおよいでいる。
おとうとが、手を入れて
いっしょうけんめい
つかまえようとしている。
「はるとやさしくせんといけんよ。
小さなカエルにも、
いのちがあるんだよ。」
とこえをかけたら、
ぎゅっとつかみそうだったおとうとも、

やさしく水の中にかえしてあげた。

水の中でスイスイと
およぐカエルのように
わたしもいっぱいおよげるように
なりたいな。

風とぼくとおばあちゃん。

岡山・大元小学校三年
田わ　朝ひ

36・9ど。風はビュービュー、ゴーゴーとふいているけど、道路はフライパンのようにあつい。

今日は、松山のおばあちゃんとはじめての「しまなみ大はしサイクリング」にちょうせんする。まっすぐにのびる長いはしの道、すぐ下をみおろすと、20ほどあるしまとしまの間を船が何そうもはしる。かもつ船の後ろには、まるでひこうき雲のような白い波がえがかれている。さいしょ
「道にまよったらどうしよう。」

と、ふ安に思っていたけど、けしきをみていたらふきとんでいった。

「それでは、どうぞスタートです。」

その声でみんないっせいに走りだす。一番下は4さいの女の子、一番上は僕のおばあちゃん67さい。思っていたよりみんなはやい。でも僕が一番!!おばあちゃんは、後ろの方、いつも一しょに走るけど今日はごめん先に行くね。心の中でつぶやいて、僕は足に力を入れた。グングンスピードがはやくなる。太陽は、あいかわらずあついのに、すずしくかんじる。

「今、風と一心同体だ。横を走る車にもかてそうだ。」

でも、のどがかわく、いったん水分ほきゅうした。体がうるおう。

「さあ。」

もう一どペダルをふみこむ。あと少しでゴールだ。がんばるぞ。ゴールを目ざし力いっぱいに、だれよりもはやく、はやく、はやく!!!きょうそうではないけど、一番についたぼくは後ろからやってくるみんなをほこらしい気持ちでむかえた。もちろんおばあちゃんはさいごの方。おつかれさま。

ぼくは風になった。おばあちゃんもそよ風くらいにはなれたかな。

ぼくのお兄ちゃん

岡山・平井小学校三年
平野　そう

ぼくは、お兄ちゃんとよくけんかをする。
たとえば、
ぼくがへんなことを言った時。
見たいテレビ番組のとりあいの時。
すわる場所でのとりあいの時。
ぼくがうそをついた時。
ぼくがやくそくをやぶった時。
けんかした時のお兄ちゃんは、とってもこわい。
なんでぼくとけんかするんだろう?
ぼくが、いやなのかな。

でも、けんかするのは、
ぼくがへんなことをした時だ。
そういえば、
ぼくがこまっている時は、
いつもたすけてくれる。
べん強で分からないところがあった時、
「ここはこうなる。」
と言って教えてくれた。
学校から帰ってきてつかれていても、
ぼくが遊ぼうと言ったら、
ぼくの相手をして遊んでくれる。
この前は、まつりにいっしょについてきてくれた。
サッカーのれん習の相手もしてくれる。

ぼくのお兄ちゃんは、やっぱりやさしい。
ときどきこわくて、やさしい、ぼくのお兄ちゃん。
きっとこれからもいっぱいけんかをするかもしれないけれど、
これからもよろしくおねがいします。

おかたづけマシーン

岡山・陵南小学校三年
井口　海翔

「くっさーっ！」
ぼくは運てんせきの後ろで体を小さく丸めて座りながら言った
夏休みになるとお母さんの仕事の手つだいをする
お母さんがおべん当を持って行ってかえってきた空箱をかたづけるのがぼくのやく目だ
次から次に空箱がかえってくるとあせるし
ちょっとつかれる
でもお母さんはかまわずに次から次へと空箱をわたして来る
ぼくはあせだくになりながらロボットのように形ごとに分けて一生けんめいかたづける

かえってきた空箱はくさいけどほ冷ざいは冷たくて気持ちいい
仕事が終わるとお母さんは
「めっちゃたすかるわー」
とか
「手つだってくれるけんいつもより終わるの早かったわー」
と言ってくれるから大へんだけどぼくはうれしくなる
よし！また明日もがんばるぞ

真夏の感動

岡山・陵南小学校三年
楠戸　孔介

走る、泳ぐ、歩く、ける、とぶ、こぐ、
おどる、投げる、うばう、打つ、入れる、
持ち上げる、とびこむ、宙に舞う…

チームや個人で勝ち取るメダルは
選手もおうえんする人も
うれしい気持ちになる
金、銀、銅とどれもキラキラ輝いていて
選手たちのがんばりを表している

でも、メダルを取れなくて
くやしい思いをした人も
涙を流した人もたくさんいる

ぼくは、勝った人も負けた人も
すごいなと思った
一生けん命闘うすがたは
みんなとてもかっこよかった

ぼくはとても勇気づけられた
よし、ぼくもがんばろう、
そんな気持ちになった

たくさんの感動をありがとう
四年後の東京も楽しみだ

手をつなごう

倉敷・連島神亀小学校三年
若林　璃香

トコトコトコ　トコトコトコ
走れるようになったばかりの妹
小さな手を　いっぱいに広げて
わたしにむかってくる
ぎゅっと　足にしがみつき
にっこり　わらった
見上げたほっぺたが
赤くてもみじみたいだね

うれしくて　かわいくて

ほっぺたをくっつけた
ぷにぷに　やわらかい
そして　ぎゅっと　だっこした
また大きくなったね

少しすずしくなった風が
気もちいいね
おさんぽにいこうよ
あぶなくないように
ころばないように
おねえちゃんと　手をつなごう

ほら見てごらん

かげさんも　手をつないでいるよ
ゆっくり歩こうね
はなれないように
ずっと　なかよしでいようね

夜ふかしオリンピック

岡山・岡山中央小学校四年
三神　咲月

あーねむい
今日も　昨日も　おとといも　その前も
ずーっとねむい
オリンピックのせいだ
リオデジャネイロは日本の反対側だから、
真夜中でも　おかまいなしにテレビがある

今夜は　卓球女子団体
あいちゃん、がんばって！がんばって!!
でも、負けそうだ

絶対、日本には勝ってほしいから、
接戦や負けそうな試合だと
見たくない気持ちが　もくもく出てくる
でも、日本には勝ってほしいから、
見たくない気持ちをやっつけて
勝てるように　一生けん命おうえんしないと

がんばれー！石川せんしゅ！みまちゃん！
やった！勝った！銅メダル!!
やったー！ばんざーい!!
おうえんして良かった

次はどれどれ…女子バレーボールか
あれ、深夜の一時三十五分から!?

明日もラジオ体操があるし、
こりゃ、おうえんは無理だ
あーすごく残念

ねようとしたら
お父さんが　こっそり見そうなふんいきだ
主電源は　わたしが切っとこう

あーねむい
今日も　昨日も　おとといも　その前も
ずーっとねむい
きっと明日も　ねむいんだろうな
おやすみなさい

はじめてのどうメダル

岡山・旭操小学校四年
大森　ま広

けん道のし合の前はドキドキ
ちょっとわくわく
勝てるかな、負るかな
きのう父さんにおそわったわざうてるかな
「はじめ」
しんぱんの先生の声
「やあっ」
大きな声をだして、前にでる
相手に集中　ドキドキがいなくなった
ちょっとずつ間合に入る

ジリジリジリ
「めーん」
思いきりうつ
「めんあり」
白いはたがあがってる
やったー、勝ったー
し合がおわったらまたドキドキしてた
し合いの前のとはちがうドキドキ
ぼくたちのチームは3位になった
へい会式で前にでて
どうメダルをもらった
またドキドキした

最高のピアノ発表会

岡山・津島小学校四年
十鳥　明里

今日はピアノ発表会
前の人がきんちょうしながらひき始めた
次は、わたしの番
その時、わたしの頭の中は真っ白
心の中は、どっくん、どっくん

もう無理だ

そう思っていると、前の人はひき終わっていた
ほっとしているひょうじょうだ

わたしもがんばろう

でも、わたしの頭の中はまだ真っ白
最初にれいをして、いすにすわった
その時、体がうかびそうなくらい、気持ちが楽になった

さあ、ひこう

けんばんに手をおいた
頭の中にメロディーが流れた
かってに手が動き始めた
毎年、曲のと中でまちがえてしまう

今年はどうかな
曲はだんだん終わりに近づいてきた
そして最後にはフォルテシモ

「やった」

わたしは自分をほめてあげたかった
かい場から大きなはく手が聞こえた
れいをしてもどる時、先生がほほえんでオッケーサイン
きんちょうがとけて、しぜんに顔がゆるんだ
わたしの心は晴れやかだ

るすばん

岡山・津島小学校四年
中務　恭宏

週に二日ほどぼくはるすばんをする
弟は学童クラブでいない
お兄ちゃんは中学で帰りがおそい
たとえ兄弟がいてもいつもの家でのるすばんじゃやることもたいしてない
いつもの兄弟のやりとりは
「なにする」
「なんでも」
「やることねえよな」
「たしかに」

夏休み中はとくにたいくつだ
お父さんとお母さんは朝から会社へ仕事
弟はお弁当と宿題を持って学童へ仕事
お兄ちゃんはテニスラケットをもって部活という仕事
…ぼくだけひとりぼっちでるすばん
こんな時　お兄ちゃんや弟がいれば　少しは気がまぎれるのに
たとえけんかになっても　ひまよりはずっとましだ

「あーっ　たいくつ」

ひとりじゃ宿題もする気になれない
ひますぎて　汗といっしょになみだもでてきそうだ
ぼくはたいくつと戦いながら　るすばんというつらい仕事をする

ひいおばあちゃんの川柳

倉敷・玉島南小学校四年
形山　結香

ひいおばあちゃん　八十八才
しゅみ　川柳を作ること
わたしはひいおばあちゃんの川柳を
読んだ
あぶないよ　ばあちゃんこそと　孫が言う
わたしは　このくがいちばんすき
おばあちゃんは孫を心配しているけど
孫もおばあちゃんのことを心配している
やさしいきもちがつたわってくるから
わたしはひ孫、お母さんは孫

孫はお母さんのことかな
わたしも川柳を作った
これからも　ひいおばあちゃん　元気でね
ひいおばあちゃん　いつまでも　長生きしてください

父さん

津山・北小学校四年
小林　陸斗

運動会が終わった。
父さんが来てくれているとは
思わなかったから、
父さんのすがたを見て、
すごくうれしかった。
「がんばったな。」
「行進のところは見てなかったけど、
『どっちにドッジビー』は
あと少しだったなあ。」
「リレーもおしかったなあ。」
と、父さんが言った。

笑いながら言った。

家に帰って、
父さんがご飯のしたくをしてくれて、
食べながら、

「明日、岡山に行って遊ぼうや。」

と言ってくれて、

「よっしゃ。」

と、でかい声で言った。

「早起きしてじゅんびせえよ。」

と言った。

ビール飲みながら
笑っていた。

磁石の二人

倉敷・葦高小学校五年
中山　愛梨

私と弟は、磁石だ。
私はN極で、弟はS極だ。
だから、くっついてケンカする。
お母さんは、
「二人ともくっつくな。くっつくからケンカするんでしょ。」
と、おこる。
おこられてN極の私が、S極にかわってくっつかなくなる。
その数分後には、弟がN極にかわり、またくっつく。
そしてまた、お母さんに「くっつくな。」と、おこられる。

夏休みの宿題

倉敷・富田小学校五年
井頭　友香

今日も朝からお母さんとけんか
「教えて～どうすればいいの～。」
私はぐだぐだ。
お母さんはイラッとして
「もう五年なんだから、そのくらい自分で考えなさい。」
それはそうだ。
お母さんがおこるのも無理はない。
私の宿題にくわえ、
中学校の兄の宿題まであるのだから。
「いったいだれの宿題なん。」

「私の宿題だけど、夏休みの宿題はみんなお母さんに手伝ってもらってるよ。」
とは言えなかった。
思えば一年生のときから
いつもたすけてもらっていた。
すこしお母さんにたよりすぎていた。
もうちょっと自分の力でしよう
自分でできるところは
できるだけ自分でやろう
「お母さん、ごめんね。
自分でがんばってみるよ。」
すると、さっきまで私をむししていた
お母さんがいった。
「お母さんも小学生のときは、お父さんや

お母さんに手伝ってもらっていたんだよね。
あんまりえらそうにいえないよね。」
私はそれをきいて
気持ちが楽になった。
そして、やる気が出てきた。
「ありがとう。お母さん。
私、がんばるね。

…でももう少しの間、宿題を手伝ってね。」

成長した僕

倉敷・中庄小学校五年
桜井　理玖

「プシュー」

今、新幹線のドアが閉まった。

初めての一人旅。

ドキドキ。

ワクワク。

関西に住んでいるおばあちゃんの家へ行っている。

「次は姫路ー姫路ー」

停車駅のアナウンス。

まだだ。

予習したメモを握りしめる。

ここは通過。

窓の外の景色がビュンビュン飛ぶ。

「速やいなぁー」

僕は思わずつぶやいた。

「次は新神戸ー」

よし。この次だ。

この駅が呼ばれたら、すぐ降りる準備。

予習メモにそう書いてある。

僕の胸は高鳴った。

「次は新大阪ー」

降りる駅名が呼ばれた。

いよいよだ。

「プシュー」

降りると、おばあちゃんが待っていた。
おみやげを手渡すと、その袋のひもが汗でグシャッとなっていた。
いつの間にか
僕はこんなにも緊張していたんだ。
少し湿ったその袋のひもをながめながら
僕は大きな達成感を覚え
少し成長したような気がした。

しいたけ大きらい

倉敷・中庄小学校五年
堀池　昂輝

「いただきます。」
はっとおさらの中を見ると
大きらいなしいたけがチラチラ。
あのざらざらしたかさみたいな
不気味な茶色。
内側をみると
白っぽくて細かいひだがいっぱい。
なんだか目立つ
いやな感じ。
急に食よくがなくなった。

しいたけだけはしっこによせて
他のおかずを食べた。
とってもおいしかった。
でもどうしても
しいたけは減らない。
残るはしいたけ。
「それくらい食べなさい。」
お母さんの声が耳のおくでひびく
「にいに食べられんの。
はずかしいなぁ。」
妹の声に腹が立ってきた。
「ちくしょう。」
ぼくは目をつむり

鼻をつまんで
口いっぱいほうばった。
きらいなものを食べるのは苦しい。
無理矢理おなかの中に
ほうりこまれたしいたけ。
まだぼくのおなかの中で
いばっている。

家族の色

倉敷・中洲小学校五年
守谷　鈴

いつも元気なお父さんの色は
力強さと汗の色　おうど色
家族のために一生けん命がんばってくれるお父さん　ありがとうって伝えたい

いつもニコニコやさしいお母さんの色は
ほんわかやさしいピンク色
おいしいごはんを作ってくれて　ごちそうさまって伝えたい

いつもなまいき弟の色は
ほんとはやさしいレモン色

ときどきケンカもするけれど、そばにいるのが当たり前　仲良くいようねって
伝えたい

私は大好き空の空色
くもり空の時もあるけれど、いつも笑顔をたやさない
がんばってるねって伝えたい

一人一人は別の色、でもいっしょにいればにじの色
それが私の家族です。

灯ろう流し

岡山・幡多小学校六年
谷　あゆみ

ゴロゴロしないで
絵でも描きなさいと母にいわれた。
絵なんて描きたくなかった。
私、絵が苦手だからね。
しぶしぶ画用紙を広げた。
何を描こうか考えた。
あ、灯ろう流しだ！
川に流れる灯ろうが
めちゃくちゃキレイだったな。
母が撮ったスマホ写真を見せてもらう。

これこれ、すごくキレイ。
あれっ、やる気がわいたぞ。
お経と太鼓のハーモニー。
なかなかよかったんだ。
どう描こうかちょっと悩む。
人もたくさんいたし、
灯ろうもたくさん。
木って意外と難しいんだな。
あれこれ省いて、
えん筆でざくっと線を描く。

そうだ。これおじいちゃんの初盆だった。
よっ、新入りとか言われてないかな?

友だちとお酒飲んでいるかな？
いけんいけん、絵に集中。
指に絵の具をつけてぽんぽん川の光を表現。
しめしめ、簡単じゃ！
またぽんぽんと葉っぱを描いて、
自慢のお母さんを描いて、
気がつけば、絵の具と色えん筆と
クレパス全部使ってた。
がんばった…。私がんばったよ。

これは入賞間違いなし。
参加賞だけじゃものたりない。

「おかえり。」

岡山・幡多小学校六年
細川　紗菜

クロガネモチの木の下に　たくさんの穴
夜になると　幼虫が出てくるらしい
七月末　じいじが最後の一匹をくれる
君は　生きているのか?
無理やり連れて帰ったのが　いけなかったのか?
床にゴロリ　何かにつかまる元気もない
時間切れ　水泳の練習に向かう

帰宅後　なんとカーテンになぞの物体
よじ登る力が　羽化する力が　どこにあったんだ?

初めて見る　黄土色の肌
すき通った羽に　やわらかいパステルグリーンの線
君は　だれ？

翌朝　やはり放すのはもったいない
カーテンの裏で　おとなしくしている君
鳴かないな　体も小さいしメスだろう
動いていないか　落ちていないか
何度も何度も　カーテンをめくって確認する
夕方　ついにお別れの時
そうっと枝につかまらせ　ベランダに出す
「さようなら。」
君は　流れ星のようにシューンと飛んでった

空高く　一しゅんで見えなくなった
ぶっつけ本番でも　上手に飛べるんだね

数日後　学校の水泳特訓の帰り道
背中に　なにか気配を感じた
家に着き　ドスンとリュックを置く
ジリ、ジリジリ　「いたたたた。」
優しい音色　私はすぐに気づいた
あの時のクマゼミだ
きっと　最後に顔を見せたかったんだね
「帰ってきたよ。」
君の心の声が　わたしにささやいた

組体操

倉敷・第四福田小学校六年
辻川　峰文

いよいよだ。
はだしで入場門に並ぶ。
先生の合図。
全速力で走って、技をする位置まで。
音楽に合わせて、１人技から始まった。

練習が始まったころは、
失敗ばかりで、おしいなあと思っていた。
練習をくり返すうちに、
なんでできない、くやしいに変わった。

2人技、3人技、4人技、
どんどん進んでいく。
ピラミッドだ。
ぼくは、1番下のど真ん中。
先生の合図に合わせて、返事をする。
前へ進み、四つんばいになる。
二段目が、背中に乗る。
ずしっとうで全体に重みがかかる。
背中が痛い。
三段目、四段目。
うでがぷるぷる、ふるえる。
痛い。

いや、絶対に成功させる。
大きな拍手が、聞こえてきた。

終わった。
6年生84人が、気をつけをする。
普段は、へらへらしている友達も
真剣な顔。
84人が大仏みたいにじっと立っている。
ありがとうございました。
84人の声がひびく。
退場門をくぐるとき、
気持ちのよい風がふいた。

こんにちは、ひまわりです。

倉敷・連島神亀小学校六年
宮本　芽衣

空に向って、大きく大きく
せのびをします。

時々、つかれて下を向いてしまいます。

たくさんの光と水をあびると、うれしくてどんどん元気になります。
やさしく、あたたかい風をあびると
ゆれて歌います。

ただ空をながめているのではありません。

流れている雲の追いかけっこを見たり
ごろごろと鳴るかみなりがこわかったり
鳥を見て、空を飛ぶっていいなと
うらやましく思ったり
どこまでも続く空をふしぎに思ったり
見て、
感じて、
考えて
思って。

もっと大きくなって、太陽や雲に、
「こんにちは」って言えたらいいな。

こんな事を考えて、
今日も空へと真っすぐのびています。

あなたへ

高梁・有漢西小学校六年
佐分利　來未

あなた　背負って
歩いたね　六年間
しんどかったよ

あんなに大きかったのに
こんなに小さくなった
私また　背がのびたよ

六年前より
たくさんの仲間が増えたね
私は　あなたの色が一番だよ

あなたを
ぼろぼろにして　ごめんね
傷をつけて　ごめんね
たくさん　ごめんね

たくさん　ありがとう
あなた　背負って
歩いたね　六年間
雨の日も
風の日も
雪の日も
しんどかったよ

六年間　楽しかったよ
あなたと　一緒で

私は　もうすぐ　中学生
あなたを　もうすぐ　背負えない

あなたがいたから
そばにずっといたから
変わってしまうのは　怖いけど

がんばるよ　私
ありがとう

東部陸上記録会

備前・東鶴山小学校六年
小野田　如花

ダッタタタタッシューッズサァー
砂場でくり返す
ダッタタタタタッ
ダッタタタッ
ふみ切りまでの歩数を調整
シュッ
強くふみ切ってジャンプ
ズサァー
砂場にしりもち
だいじょうぶかな

ドッキンドッキン
心臓がふるえてきた
いよいよ本番
タッドクドクドクドク
心臓の音にあわせて助走
シューッ
高く高く
空に向かってジャンプ
もっと高くもっと遠くへ
ボールのように
丸く体を前にかがめた
ズサッ
決まった

着地成功
やった！
走り幅とび
自己最高記録達成
心が軽くなった
いつの間にか
心臓はなきやんでいた
うれしい気持ちで
今度は歌いだすかもね

佳作　三十五篇〈学年順〉

ミニ四く
小2年　ふじ田 しょうご

秋の山
小5年　藤原 紗柚

おとうと

岡山・伊島小学校一年
はらだ　みき

わたしのおとうとは、いつも、じゃまや、いじわるばかりして、
すごーくめいわくです。
でもママは、おとうととあそびなさい！というので
すごーくめいわくです。
だから、しかたがなくあそびます。
でも、あそぶと、すごーくたのしいです。

かわいいプリン

倉敷・乙島小学校一年
あさはら　みさき

プリンはハムスター
毛は、はいいろと白
さわるともうふみたいにふわふわ
目はまっくろでくりくり
小さくてかわいいしっぽ
からだはまんまるでおだんごみたい
キャベツがだいすき
おこめをたべるときそうじきみたいにぱくぱくつぎつぎに口にいれる
えさをあげたり水をかえるのはわたしのしごと
まいにちおせわはたいへん

おせわをはじめたらじゃまをしてきておもしろい
トイレのすなをとっているとトイレのなかにはいってきて毛づくろいをする
じゃまだよってそとに出すとまわしぐるまであそびだす
おせわがおわるといっしょにあそぶ
かごからだしてあげると
はしりまわる
おもちゃの上にのぼったり
キッチンのうしろにかくれたり
はこにはいったり
たんけんしているみたい
とてもうれしそう
もうかえろうねってつかまえようとすると
手にのぼってくる

かおをすりすりすると
ひげがあたってくすぐったい
でんきをけして
おやすみっていうと
なんだかさみしそう
プリンちゃんまたあしたあそぼうね

はをぬいたよ

倉敷・連島神亀小学校一年
金光　柏

じぶんで「は」をぬきました。
「は」がぬけました。
5ほんめの「は」がぬけました。
うれしかったです。
「は」を、じぶんでぬきました。
ひるま　ぬこうとしました。
おでかけしていたから、おかあさんが、
「はをぬかないでね。」
と、いいました。
ぼくは、はをきにしました。

ぼくは、うれしかったです。
とてもうれしかったです。
つぎもじぶんでぬけますように。
よかったです。

ひまわり

おおきいひまわり
ちいさいひまわり
げんきなひまわりさいた

せのびしたひまわり
あかちゃんひまわり
いっぱいひまわりさいた

倉敷・中洲小学校一年
せきとう　あおい

たからもの

赤磐・石相小学校一年
ふじわら　のあ

わたしのたからもの
かぞく
かぞくがいるとたのしくなる
たからもの
あおくてとってもおおきいちきゅう
みんながしあわせ
わたしもしあわせ
みんななかよし
たからもの
ぬいぐるみ

かなしいと、はげましてくれる
なぐさめてくれる
えがおにしてくれる
たからもの
ともだち
いっぱいあそぶ
いっぱいべんきょうする
たいせつなたからもの

せんそうとへいわ

岡山・御野小学校二年
やざき　みゆう

せんそうしたらいのちがなくなる
いのちは、一つしかない
せんそうは、こわい
せんそうでかぞくや、ともだちがしぬところを見たくない
わたしは、へいわがだーいすき
かぞくがいる、おとうとがいる
へいわだとわらっていられる
へいわだと、学校え行ける、べんきょうをおしえてもらえる
へいわだと、しなくてすむ
へいわだと、人や、どうぶつがいる

へいわだと、みんな元気
へいわは、すてき
へいわだと、わらっていられる
せんそうなんて、わたしは、一ばんきらい
これからもずっとずっとへいわでいたい
せかいじゅうがずっとずっとへいわでいますように

見つけたよ

岡山・陵南小学校二年
しばた　かのん

ちょうちょのよう虫を見つけた
大きかった
みほちゃんと見つけた
どうろを歩いていたら、見つけた
よう虫も歩いていた
みんなに見せたかったけど、
車にひかれるから、
土のところによけた
はっぱにのせて、はこんだ
小さいはっぱにのらなかったから、

大きなはっぱにのせた
早くちょうちょになってほしいな
黄色いちょうちょになってほしいな

もちつき

岡山・岡山聾学校小学部二年
かげ山　しょうや

おうちでもちつき　たのしいな
木で作ったきねとうすを　用いして
ばあちゃんが　うすにお米を入れてくれる
せいやとぼくで　もちをつく
はじめは　ポンポン
つぎは　ペッタンペッタン
だんだんおもちができてくる
さいごにパパがしあげをする
ペッタンコットンペッタンコットン
おいしいおもちのできあがり
家ぞくみんなで　いただきます

ドキドキ

倉敷・葦高小学校二年
加とう　あい理

どうして
ドキドキするのかな。わたし。
いっぱい走って　むねドキドキ
知らない人いた　むねドキドキ
手があせでいっぱいだ。

おどろかされた　むねドキドキ
たくさんの人の前　むねドキドキ
ほっぺがあついよ。どうしよう。

本を読んでるあの子見た。
なんでかすこし　むねドキドキ
おもいだしたら　またドキドキ
わたしがわたしじゃないみたい。

わたしのココロは、いつもドキドキ

さんかん日

倉敷・乙島小学校二年
赤ざわ　るな

この前の
さんかん日。
お母さんと
おねえちゃんが来た。
はっぴょうするのがはずかしかった。
だから
お母さんが
ろうかに絵を
見に行ったとき
はっぴょうした。

おてつだい

岡山・城東台小学校三年
馬場　康心

毎日やりたいお手つだい
でもしんどいぞお手つだい
けっこう楽しいお手つだい
ぼくが一番すきなのはお米とぎ
かきまぜるときの音がすき
ぼくが一番きらいなのはトイレそうじ
だってきたないから
ぼくが一番とく意なのはせん面所そうじ
ゴシゴシみがいてピカピカにする
ぼくが一番にが手なのは野さい切り

手まで切ってしまいそう
お手伝いは山ほどある
ぼくたち兄弟がしなければ
それは全部おかあさんの仕事
よしぼくがやってやろう
今日はどんなお手つだいをしようかな
お手つだいをした後は
みんながとってもえ顔になる
ぼくもとってもいい気分になる
ぼくはいっぱいお手つだいをして
お手つだい名人になりたい。

たからもの

岡山・陵南小学校三年
秋山　歩奏

海だあ
いっぱいあそぼう
貝がらを見つけよう
きれいな貝がらあるかなあ
まきまきのがいいなあ
海にもぐってさがしてみよう
「ゴーグルかして」
妹に言った
「いいよ」
ゴーグルをつけてもぐった

きれいな貝がらをさがした
手ですなをかいてさがした
貝がらがいっぱいあった
われてるのばっかり
クロワッサンみたいな貝がら
小さくて白い貝がら
ガタガタの貝がら
しましまの貝がら
やっと見つけた
まきまきの貝がら
わたしは妹に
「これ見て」
「すごい」

と言ってくれた
わたしはうれしくなった
見つけた貝がらをきれいにあらった
家にもってかえった
たからばこにいれた

ミカンとバナナ

岡山・岡山聾学校小学部三年
大山　甘望

わたしは、小鳥が大好き。

十一月二十日、わたしは、家族五人で小鳥屋さんに行った。小鳥を2わ買った。金か鳥だ。家に帰ると、一番に名前を考えた。やっと、オスはミカン、メスはバナナに決めた。かごの外から名前をよんでみた。首をくるっとした。かわいかった。

わたしは、えさと水をあげる。話しかける。「ごはんだよ。」「かわいいね。」「外に出る？」わたしは、わたしの部屋のドアとまどをしめる。そして、ミカンとバナナをかごの外に出す。「ドアを開けたらダメ。まどを開けたらダメ。外には、ねこがいるから、あぶないよ。」かごの中に入るときも、やはり、わたしがつかまえて入れる。

ある日、学校から帰ると、ミカンとバナナがいなかった。犬病院に行ったと聞いた。ケンカをしたのかな。おなかがいたいのかな。

次の日、学校から帰ると、ミカンとバナナが病院から帰っていた。さびしかったから、うれしかった。

十二月十五日、バナナが、家でたまごを産んだ。一こ産んだ。たまごがわれて、バナナが生まれるのが楽しみ。わたしは、バナと名前をつけて、楽しみにしている。ミカンはお父さん、バナナはお母さんになる日だよ。

わたしのお姉ちゃん

倉敷・第二福田小学校三年
せと　よう子

わたしのお姉ちゃんは、高校三年生で、17才です。
すきな食べ物は、肉です。
いつもやさしくて、え顔です。
わたしは、お姉ちゃんが大すきです。
「やせた～い。やせた～い。」と言いながら、アルバイトのお店のまかないを
きれいに食べています。
たまーに、わたしにくれます。
この夏は、お姉ちゃんが夏バテで、三キロやせました。
「よっしゃー。」と言ってよろこんでいました。
休みの日は、ダラダラしています。

休みの日は、中学校の体そう服です。

お姉ちゃんは、わたしにくっついてきてちょっとうざいです。

コンビニについて行くと、何か買ってくれます。

今、お姉ちゃんは、友だちとUSJに行って家にいません。

「はやく帰ってこんかなー。」

家のプチトマト

倉敷・第二福田小学校三年
まつ下　しんご

三年生になって、お母さんがプチトマトのなえを買ってきて、お庭にうえたよ。
ぼくは、毎日水やりをした。
少しずつ、くきや実がそだってきた。
だんだん大きくなっていった。
ぼくのせよりも高くなった。
八月になったら、実が赤くなったので、とってみた。
お水であらって食べてみたら、あまずっぱくておいしかった。
お水をやったら、いっぱいいっぱいできたよ。
おねえちゃんと、いつも楽しみにとって食べた。
赤い実を全ぶとったのに次の日になったら、また赤い実ができたよ。

ふしぎだな。
でも、八月の終わりになったら葉っぱがかれてきた。
赤い実もへってきた。
だから、さいごのプチトマトを大切に食べた
トマトさん、たくさん実をありがとう。
おいしかったよ。
来年またプチトマトのなえをかって、お庭にうえてそだてたいな
また、たくさんのプチトマトを食べるのが楽しみだ。

ぼくとらんちゅう

倉敷・富田小学校三年
大月　たい正

「大事に育てるんだよ。」
お父さんが、らんちゅうを三びきもらって来てくれた。
らんちゅうは金魚より少し大きくてまるまるとしていてとてもかわいい。
三びきはとてもなかよしで、いつもいっしょに泳いでいる。
ぼくには弟がいて、ときどきけんかもするけれど、らんちゅうみたいになかよしだ。
エサやりは、ぼくの仕事だ。
ぼくが近づくと三びきがそばによって来る。
弟やお母さんが近づいてもよって来る。
エサをもらえると思うのかな。

「なぁんだ、ぼくだけによってくるんじゃなかったんだ。」

と、少しがっかりした。

エサをあげるとすぐに食いつく。

口をパクパク開けて、すごい食よくだ。

ぼくもらんちゅうみたいに泳げたらいいな。

いっぱいれん習して、25メートル泳げるようにがんばるぞ。

らんちゅうもおうえんしてくれるかな。

習字にちょうせん

倉敷・長尾小学校三年
間野　陽成

習字を書きました。
二しゅるい書きました。

一つ目は、
知り合いのお姉ちゃんに教えてもらいました。
字がパサパサになったら
パサパサ
と言ってとても楽しく書けました。

二つ目は、

お家で書きました。
泣きながら書きました。
いっぱい書いて
れんしゅう用紙百まいの束が
あっというまになくなりました。
やっとのことで
せい書用紙に書けました。
三まい上手にかけました。
さい後は名前です。
もししっぱいしたら…
手がふるえました。
「あ。」
一番うまく書けたせい書なのに

名前がふるえました。
くやしなみだが出てきました。
だけど全部書きました。

今年の夏は、
習字にちょうせんしてよかったな
と思いました。

特せいカレーの作り方

岡山・西小学校四年

瀬尾　遼介

一番最初に玉ねぎ切るよ
ティッシュを鼻のあなにさす
そしたらなみだは出ませんよ
にんじんじゃがいも皮をむく
手の皮いっしょにむかないで
肉とじゃがいもにんじん切るよ
ザクザクザク
一口大に切っちゃおう
肉は手前に包丁ひくよ
左のお手てはねこの手です

いよいよ玉ねぎいためます
あめ色になったらOKです
他の具材はあとから入れる
パチパチ油に気をつけて
水を入れたらしばらく待つよ
プクプクあくがうかんだら
おたまで上手にすくいます
弱火でぐつぐつにこんだら
火を止めついにルー投入
ポチャポチャポチャン
ふたたび弱火でにこんだら
ぼくの特せいカレーの出来上がり
食べたらあっちちわっちち

それでもおいしいカレーライス

星の歌

岡山・岡山聾学校小学部四年
小川　寛仁

一番
ぼくはうちゅう人
星が見えるな
望遠鏡で星をさがす
歌いながら数えよう
千五百四万五百九の星
大きな大きな大きな大きな大きな大きな

二番
星の歌が聞こえる

みんなで歌おう
大きな大きな大きな大きな大きな大きな大きな

五十メートルプール　クロール

倉敷・児島小学校四年
内田　大智

ぼくは息が止まりそうだった
よーいドン
ぼくは思いっきりかべをけった
ばた足、手まわし、息つぎをする
二十五メートル直後で息がくるしくなる
思いっきり力をふりしぼる
魚やクジラだったらいいのになー
あと十メートルだ
手足に力をいれて息つぎをする
青い線だ　あと五メートル

アーやっとゴールだ
初めて、五十メートルを泳いだ
やったーうれしい
よしゃー！

歌がすき

倉敷・連島神亀小学校四年
宮崎　ゆめ

学校のじゅ業で習った
「まきばの朝」
車の中で歌っていたら、
お母さんが
「じょうずだね。」
「きれいな歌だね。」
と、言ってくれた
お母さんが生まれる
ずっとずっと前に作られた歌

大きな声で歌ってみたら
まきばの朝の景色と
草のにおいが
むねに広がってきて
すうっとした気もちになった

新しい歌もいいけれど
古い歌もいいものだ
今度おばあちゃんにも
聞かせてあげよう
心のかねがひびくといいな

みんなが幸せな気もちになれる

わたしはそんな
歌がすき

努力

倉敷・長尾小学校四年
宮田　葵

今日から　プール開き
わたしは　水泳の特別練習に参加する
去年のプールのさいごの日は
クロールで五十メートルは泳げなかった
今年こそ五十メートルを泳ごう

毎日　休まずに練習をつづけた
二十五メートルをくり返し練習した
さいしょは　二十五メートルでも
苦しくて　大変だった

けれど　練習をつづけて二週間ぐらいになると　だいぶ上達してきた
息つぎや手のかきがきれいにできるようになり　先生にきかれた
「スイミングにいっているの?」
わたしはスイミングには行っていない
首を横にふった
「すごくきれいに泳げているよ」
と言ってもらった
とってもうれしかった

プールのさいごの日が来た
次がわたしの番
一生けん命泳いだ　あと少し!
「やったあ!!」

ついに五十メートルが泳げた!!
来年は　平泳ぎにちょうせんしよう
これからもあきらめずに練習をつづけていこう

いろいろな朝

倉敷・長尾小学校四年
守分　あやの

晴れの朝
今日もまぶしい太陽が
みんなの笑顔を照りつける
そんな朝は元気な朝

くもった朝
今日はお空が真白で
元気な太陽かくれんぼ
そんな朝はすずしい朝

雨の朝
今日はお空が水遊び
天から水が落ちてきた
そんな朝はシャワーの朝

いつもいつもちがう朝
毎日きれいな新しい朝

自分の好きな事

岡山・岡山聾学校小学部五年
間野　大太

僕の好きな遊びはサッカー
サッカーは楽しいから
僕の好きな食べ物はおにぎり
おにぎりはおいしいから
僕の好きな勉強は体育
体育は運動がたくさんできるから
僕の好きな本は物語
物語はどきどきするから
僕の好きなおもちゃはラジコン
ラジコンはいろいろな走り方をするから

僕の好きなお店は本屋
本屋はたくさんの本があるから
僕の好きな魚はブラックバス
ブラックバスはアメリカの魚だから
僕の好きな言葉はありがとう
ありがとうはうれしい言葉だから

家族を支えるお母さん

倉敷・乙島小学校五年
淡野　礼香

お母さん
いつも夜おそく帰ってくる。
仕事から帰ってすぐご飯を作ってくれる。
お母さんの手を見ると
ガサガサ。
でも
お母さんの手はいつも
あたたかい。
「何で、あったかいん。」
と聞くと、

「お父さん、お姉ちゃん、礼香を大事に思っているからよ。」
そんなお母さんがいてくれるから
私たちはずっと元気でいられる。
ありがと、
お母さん。

カマキリ

倉敷・乙島小学校五年
中嶋　遥

公園に
カマキリがいた。
わたしはカマキリが
大きらい。
カマキリを見ていると
カマキリも
首を回してこっちを
じーと見つめる。
カマキリと目があった。
じー。

じー。
とりはだが立った。
今にもとびついてきそうなあの目、
わたしより小さいのにどうしてこわいのだろう。

カマキリさん、
あなたはわたしの事
どう思ってるの。

かわいい妹

倉敷・倉敷南小学校五年
古賀　健太

ぼくには小さな妹がいる
わらったときもかわいい
ないたときもかわいい
ねむっているときもかわいい
どんなときもいつも
妹はかわいい
初めてねがえりをした
ねがえりでころころころがった
上にも下にも歯がはえた
一人だけですわれるようになった

そしておととい
ついにハイハイができるようになった
一歩だけだったのが気付けば
ぼくのうしろをついてきてる
きのうできなかったことが
今日にはできるようになる
小さな妹はおどろくほど毎日
成長している
赤ちゃんってすごいな
妹ってすごいな
ぼくはそんな妹を毎日楽しみに
見守るよ

本当の、豊かさとは？

倉敷・児島小学校五年
中塚　凛

朝ごはん、おかし、昼ごはん、デザート
おやつ、ばんごはん、デザート。

おなかがすけば何かある。
食品庫をあける、冷蔵庫をあける、
どこかをあける、食べ物がある。
自動販売機、スーパー、コンビニ。
どこに行っても手に入る。
「おなかがすいた」と言えば
何かがある。困ることはない。

小学校に行けば、給食がある。
今の日本はこんなに豊か。

朝ごはん、おかし、昼ごはん、デザート
おやつ、ばんごはん、デザート。

おなかがすいても何もない。
床下をあける、かまをあける、
店を見る、食べ物はない。
どこに行っても手に入らない。
「おなかがすいた」と言っても
何もない。一日分があるかないか。

「おなかがいっぱい」になることはない。
茶わんについたお米一つぶまで残さない。
汁一てきさえ残さない。
戦時の日本はこんなに貧しい。

でも、今の日本も心は貧しい。
だって、「おなかがいっぱい」になれば、
それを残す。
レストランに行ったら、
残した物はすてる。
だから、くらしが豊かでも、
心は本当に豊かなの？

えんぴつ

倉敷・連島西浦小学校五年
山中　姫奈

私はえんぴつと
何年の付き合いだろうか。

また、この先
何年付き合うのだろうか。

小学校一年生の前に
初めて自分の
えんぴつができた。
名前入りの
えんぴつ。

そのえんぴつを
使ってじゅ業を受ける。
勉強がとても楽しい。
わくわくした。

しかし、私は
宿題で
意地になり
えんぴつをおったことがある。

私のえんぴつは、
勉強が楽しい時、
わからなくて困っている時、

むずかしくてかなしい時、
勉強がいやで
腹が立っている時
すべて知っている。

これから
長い付き合いに
なりそうだ。

えんぴつから
シャーペンに
変わっても
ともに戦おう。

思ってもいなかった失敗

岡山・西小学校六年
八木　智咲

「今日も出来なかったね」
「また明日頑張ろうね」
私はスタスタと北門をくぐって帰る
運動会はあさってなのに組体操のかた車とサボテンが今だにできない
と中まで一緒に帰る友達と別れて一人でまた考えながら家に向かう
月がうすく見えはじめた
五月の夕がたの合図だ
へとへとで家に入る
まるでおじぎそうが垂れたときのように

そして本番
昨日だけ二つとも成功した
余計な事は何も考えないようにした
とうとうかた車のときが来た
友達をドキドキしながら気をつけて持ち上げる
「あっ出来た」
頭が真っ白になる
次のサボテンは自信がある
だけど手がすべって失敗した
結局失敗したのはサボテンだけだった
その日の夜はみんながカッコ良かったよってほめてくれた
失敗したのはすごく悔しい
だから今でもあの日の悔しさは今でも忘れていない

ぼくの家族

岡山・芳泉小学校六年
西岡　哲汰

ぼくのお父さん
お父さんはいつも一生懸命だ
何に対しても一生懸命で、ぼくが習っている空手の事になると自分の事のように
熱く話している
時々面倒くさくなるけどいつも感謝してるよ
いつもありがとう
ぼくのお母さん
お母さんはいつもおいしいご飯を作ってくれる
時々苦手な野菜料理もあるけど、残さず食べているよ
いつもありがとう

ぼくのお姉ちゃん
お姉ちゃんはダンスが上手だよ
いつも家でおどっているね
時々宿題を教えてくれてありがとう
ケンカもするけどすぐに仲直りするよ
いっしょにいると楽しいよ
ペットのショコラ
ショコラは犬でミニチュアダックスの女の子だよ
いつもぼくが散歩に行ってるよ
散歩から帰ったらエサがもらえるのでいつもほえるよ
えさを食べた後は、転がってねているよ
ねている顔も起きて遊んでいる顔も全部かわいいよ
ショコラぼくの家に来てくれてありがとう

大好きなぼくの家族
これからもどうぞよろしくね

私に聞こえた声

岡山・芳泉小学校六年
濵口　心愛

今日は何をしよう
今日は散歩に行こう
公園に行った
たくさんの植物と出会った
ずっと歩いた
テクテクと
むこうに何か見えた
それは落とし物だった
まわりを歩いて行く人は
気づいているのに

拾ってあげようとしない
この落としものは悪くない
なぜだろう
わたしは少し考えた
だれだかは分からない人が
この落とし物を落とした
やっぱり落とし物は悪くない
ポツポツポツ
雨がふってきた
それはまるで
落とし物のなみだのようだった
落とし物はかなしそうだった
わたしは公園の人に

わたそうと思った
さっきまで来た道を
反対にひき返した
植物がほほえんだ
わたしには聞こえた
よかったね　よかったね
と言う植物の声が
落とし物はうんと
元気にうなづいてる
気がした
わたしは公園の人にわたした
落とし物はわたしに
ありがとうといいながら

笑っている気がした
雨はやんで太陽も
ニコニコとあたりを
てらした
はやく持ち主が来るといいね

幸せ

倉敷・琴浦東小学校六年
難波　咲妃

幸せってなんだろう
幸せってどこにあるんだろう

朝ご飯がお気に入りのパンだった
いつもより五分早く学校に着いた
席がえで好きな子のとなりになれた
けんかしていた友達と仲直りできた
プールの時間冷たい水が気持ち良かった
授業中先生にほめられた

まだまだあるよ

算数のじゅくで百点とれた
おばあちゃんと卵焼きを作った
犬のみるくがほっぺをなめた
二千ピースのパズルが完成した
今度の家族旅行はディズニーランド
お父さんの給料日、今日は外食

幸せって特別なことじゃないよ
うれしかったこと
楽しかったこと
毎日の中で見つかるよ

幸せってどこにでもあるよ
今日も一日が終わって
明日も一日が始まる
同じだけど同じじゃない一日

新しい一日を始められること
今日も生きている
明日も生きていける
幸せってそういうこと

音の戦い

倉敷・第四福田小学校六年
浜口　未羽

色んな音が戦ってる。

鳥と犬が走る車と戦ってる。
フライパンやトースターも。
父のいびきだって負けてない。
せんぷうきもブーン。

目覚まし時計がなりひびく。
目覚まし時計がナンバーワン。
ねむそうなあくびは、最下位。

鳥と犬は、まだ戦ってる。
まだまだいびきは止まらない。

母が一階で起きろとさけぶ。
鳥と犬がひるむ。
フライパンやトースターも。
いびきも止まる。
めざまし時計をあわてて止める。
すべての音がとまる。
眠たい目が大きく開く。

ナンバーワンは母だった。

花火

倉敷・連島神亀小学校六年
宮本　紗衣

今、すごくどきどきしている
少しわくわくもしている

真っ暗な夜空に大きな花火が上がった
大きな音が、体の真ん中でひびいている。
ゆっくり流れる星の様な
ゆっくり流れるシャワーの様な花火が
空からふってくる。
小さくなった火の粉が、風に流されて
遠くなって消えていく。

それを目で追っていると、
またちがう色や形の花火が空にあらわれた
同じようで、同じではない花火に
夢中になった。

最後の花火が終わった時、
少しだけ、さみしい気持ちになった。
形は、残ることはない。
消えて無くなってしまう花火だけど
今日見た花火は、「私」の中で
ちゃんと残っている

「ありがとう」

と、私は思った。

「また来年」

と、小さな声が聞こえた気がした。

選評

犬ととり
小3年　大山 甘望

6年間の思い出—修学旅行—
小6年　西崎 絢芽

選評

第二十六回「少年少女の詩」には前回を大きく上回る九百四十六篇もの応募がありました。県内各地より多数の作品を寄せていただきました。ありがとうございました。

一、作品の傾向について

○低学年（一・二年生）

低学年の詩は、生活の中から生まれたものが多く、「はをぬいたよ」「シチュー」「せみ」等題名からも子どもらしい作品が多く見受けられました。低学年だからこそ書くことができる題材があるのだろうと思いました。詩は生活のことを基本に書くことが出来ます。「何を書いてもいいよ。」「書くことは身の回りにいっぱいあるよ。」と呼びかけて日常のことに目を向けて書くようすすめていきたいと思います。詩は「短い言葉で」「感動を切り取って」書くことが出来るといいのではないかと思います。友達とのこと、家族との関わり、自然のこと等、低学年らしい生活に根ざした作品が多くありました。毎日の生活のなかから詩は生まれていくのだと思います。

○中学年（三・四年生）

詩を読んで、中学年は大きく成長する学年だなと改めて感じました。学校生活でも、家庭生活でもいろいろなことに興味を持っていることがわかります。読みごたえのある詩が多くありました。いろいろなことに興味関心を持って詩に書くことはとてもよいことです。「短いことば」「あったことをあったとおりに」書くことが基本です。「大きくなってね　ゆいむくん」のように比喩「たとえ・まるで〜何々のようだ」をうまく使って書かれていた詩もありました。様子がとても伝わってきます。また、長い詩になりそうだなと思うときには「連」と言って場面をわけて書く方法もあります。いろいろな詩をしっかり読んで書き方、表現方法を学んでほしいと思います。

○高学年（五・六年生）

高学年の詩は「組体操」「登校旗の重み」「あなたへ」「東部陸上記録会」など高学年としての自覚を感じる詩が多くありました。さすが高学年だなと思いました。「ファンタジー」的な詩もありました。「会話文」「連による表現」「リズミカルな表現」等の表現方法が効果的でした。くわしく書こうとするあまりに説明が多すぎたり、散文的になったような詩もありましたが、これだけが詩ではありません。基本はみなさんの生活です。毎日の生活の中から生まれた詩は読み手を感動させます。その生活を大切にしてほしいと思います。また、いろいろな詩をしっかり読んでほしいと思います。

二、詩を書くための工夫について

詩は「心が動いたこと」を何でも書いていいのです。これをいつも大切にしてほしいと思います。

①「自分が書きたいこと」「感じたこと」を書く。

②詩を書いたことを受け入れてくれる「友だち」「家族」であること。

③感動的な状況を捉える。

④事実と対応した文を書く。

一瞬の出来事、時間を捉えることにより、一瞬の感動が五行も十行もの詩になります。そういったことをいつも心において「詩のタネ」を蓄えていきましょう。日記などを毎日書いていると詩を書くときの題材になります。一日のちょっとした出来事から詩は生まれてくるものです。

三、入賞した作品について

○最優秀賞　「バッティングれんしゅう」

一年　みぞ口　太よう

お父さんとバッティングセンターに練習に行ったことがこの詩の始まりです。みぞ口君はこれから野球をしようとしているのかな。なかなかお父さんのようにボールをジャストミートできません。そのためにお父さんのバッティングの様子をじっくり見ています。とてもいいですね。ここから発見していることもありました。

よくみたら、／とうちゃんのおとは、／ビューンでぼくよりはやい。／とうちゃんのあしは、たってたところに、／ちゃんともどっている。／ぼくは、うったあと、／あしがどっかにいって、クルンとまわる。／ぼくも、うてるようになりたいな。

家に帰ってもお母さんとなべをボールがわりに練習しているみぞ口くんです。何とも楽しいひとときです。目にうかんできますね。練習のかいあってバットの音も「ビュン」と変わってきています。バッティング練習を通して家族の楽しい様子がこの詩に表れていました。読んでいてとても心がほのぼのとしました。

○優秀賞　「おかあさんのおはし」

一年　やまもと　はな

野菜を食べるのが少し苦手なやまもとさん。でも、お母さんがおはしでつまんで食べさせてくれる野菜はすんなり食べることができます。

おさらにおおきなにんじんがひとつ／のこってしまったよ／おかあさんがおはしでつまんで／おくちのなかにいれてくれた／なんだかおいしかったよ

不思議ですね。苦手だった野菜なのに。もうすぐ食べられるようになるのでしょうね。

○優秀賞　「ならの大ぶつさま」

二年　細ば　なおと

お父さんと二人旅をした細ば君。大仏様と向き合った会話がとても楽しくいろいろなことを想像しながら書けています。

大ぶつさまはぼくに言った／「でしにしてあげよう」／ぼくがでしになったら／大ぶつさまとずっといっしょ／ぼくは大ぶつさまのように／しんけんなかおで／じっとうごかず／しずかにすわっていられるかな

やりたいことや行ってみたいところが細ば君にはたくさんあります。いろいろな事に挑戦していきましょう。大ぶつさまも細ば君のことをきっと見守ってくださるでしょう。弟子になるのはもっともっと先ですね。

○優秀賞　「大きくなってね　ゆいむくん」

三年　片山　祐

お風呂の準備をしたり、だっこしてあやしたりと、お兄さんとして二番目の弟「ゆいむくん」を可愛がっている片山君です。

よくねむるよ　コアラのように／よく泣くよ　カラスのように／よく飲むよ　子牛のように／元気に動くよ　おさるのように／／おめめぱっちり　子ねこのように

「ゆいむくん」をたとえた表現（比喩）をとても上手に使っています。詩にとてもリズムがあり読んでいて目の前にその場面が浮かんできます。やさしい片山君にだっこされたり、優しい声をかけられて大きく育っていくことでしょう。

○優秀賞　「みんなが幸せであるために」

四年　佐分利　歩未

目の不自由な方のテレビ番組を視聴したことから目の不自由なことを体験をしています。四年生になるとこのように社会のことに目を向けることができる学年になっていきます。

食事／「ご飯ができたよ。」／と言われて席にすわった。／でも何も分からない。／お皿の位置もメニューも何もかも、／でも家族が食器を取ってくれた。／メニューを教えてくれた。／分かってうれしかった。／でもあまり味は感じない。

このように体験して分かることがあります。「相手の気持ちによりそいたい」「つねに考える自分でありたい」とまとめています。佐分利さんの学級から目指していってみてください。

○優秀賞　「登校旗の重み」

五年　冨永　悠衣

登校班の班長として登校旗を引き継いだ冨永さん。高学年としての責任を果たそうとする気持ちが伝わってきます。

一年生の歩く早さが／ペンギンのようにゆっくりと／チョコチョコチョコ／私は犬のようにかろやかと／トコトコトコ／そんな時重い荷物をもつ一年生

班長として毎朝どんなことがおきるだろうかと気が気でなりません。班長になって初めて大変さが分かります。「比喩」を効果的に使っているので情景がよく分かります。また、高学年としての責任の重みが読み取れる詩です。

○優秀賞　「ひいじい」

六年　勅使川原　綾乃

ひ孫の勅使川原さんの成長が何よりの幸せだったのでしょう。日常の家族との語らいこそが大切であることを曾祖父は大切にされていました。

お酒を飲むと、ほっぺたをピンク色にして、15才の時、予科練兵として志願し、

そして、私の小学校最後の夏休み。／ひいじいはもういない。／やさしいけれどがんこなひいじい。／あっ、／庭にきれいなも様の黒くて大きな羽のちょうがヒラヒラ飛んできた。

「連」を効果的に使っている詩です。「曾祖父との日常」「曾祖父の戦争体験」「心に生きる曾祖父」と大きく三連で構成されています。詩を書くときに参考にしたい詩です。

審査委員
小川　潔
金尾　恭士
熊代　正英
壷阪　輝代
中尾　一郎

せかいのたからもの
小２年　くぼ たくま

あとがき

あめの日のトラック
小2年　かげ山 しょうや

きれいなキジ
小4年　かじ野 由紀

【あとがき】

吉備路文学館は、平成二十八年十一月に開館三十周年を迎えました。この記念の年となる第二十六回「少年少女の詩」の募集を行いましたところ、岡山県下全域の小学生より多数の作品の応募をいただき、感謝いたしております。作品はどれも素晴らしく、子どもたちが日頃の家庭生活や学校生活で、見たり、聞いたりしたことをありのままに、素直に表現されていました。お寄せいただいた作品は、どれも秀逸ではありましたが、中でも特に優秀な作品を小川潔先生をはじめとした審査委員の先生方により選考いただき、第二十六回「少年少女の詩」として刊行する運びとなりました。

この詩集を刊行するにあたり、応募くださった小学生のみなさん、詩のご指導をいただいた小学校の先生方、岡山県教育委員会をはじめ各市町村教育委員会の皆様、また、たいへん多くの作品の審査をいただきました、小川潔先生、金尾恭士先生、壷阪輝代先生、中尾一郎先生に感謝を申し上げます。さらに、扉絵・さし絵として紙版画をご提供いただいた岡山県立岡山聾学校小学部の生徒さん、短期間で、すばらしい装丁に仕上げていただいた吉備人出版の皆様に厚く御礼申し上げます。

「少年少女の詩」編集委員代表・熊代正英、岡由美子

【お知らせ】

◇吉備路文学館は、昭和六十一年十一月、「中國銀行」の全面的支援のもと、財団法人として設立されました。その後、平成二十四年四月には、地域にゆかりのある文学者を顕彰し、岡山県民の文化昂揚に資する登録博物館施設として公益財団法人の認定を受け、引続き、「中国銀行」のCSR（企業の社会的責任）の一翼を担っております。

◇岡山県下の小学校を通じて児童から詩の募集を行い、優秀作品を詩集「少年少女の詩」として刊行する事業は、平成三年度にスタートしました。刊行された詩集は、国立国会図書館へ納本するとともに、岡山県下小学校、岡山県下各教育委員会、県内の主な図書館・公民館、福祉施設へ贈呈させていただいております。

◇弊館は、岡山駅から北へ一・一キロメートルで、「きらめきプラザ」（旧国立病院）の北側、ベネッセコーポレーションビルの西側に位置し、緑に囲まれた庭園の中にあります。年四回の展示を行っておりますので、お気軽に何度でもご来館ください。また、例年四月には、吉備路文学館のシンボルツリーである鬱金桜《うこんざくら》が咲き誇る中、「茶会」を開催しております。

◇吉備路文学館では、吉備路（岡山県全域と広島県東部）にゆかりのある文学者の資料を収集・展示しておりますが、文学者に関する資料（原稿・書簡・色紙・本・写真・遺品など）をお持ちの方のご連絡をお待ちしております。

昔の消防車
小5年　間野 大太

インコ
小5年　羽布津 蓮華

女の子ととりとくまとうさぎ
小2年　小谷 さくら

6年間の思い出—体育祭—
小6年　中津 武彦

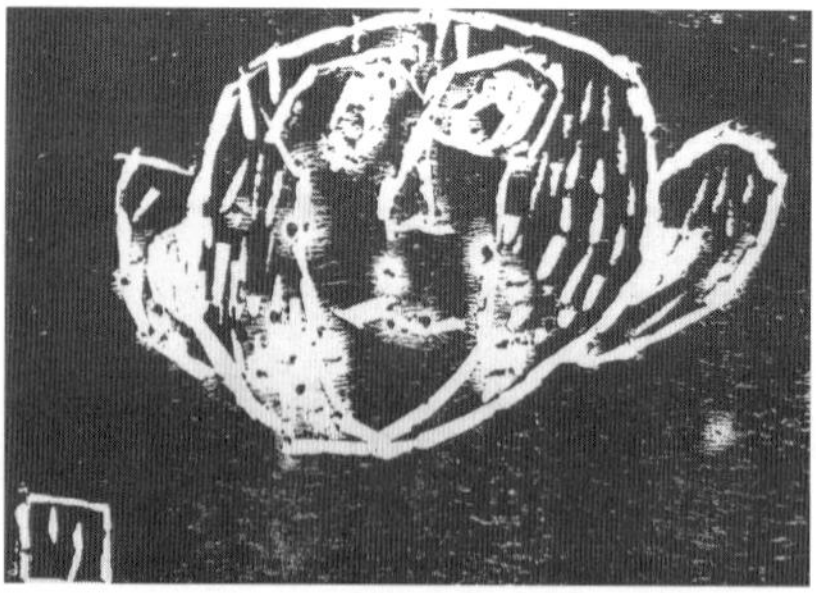

強いサル
小4年　西おか 利り果

戦うもも太ろう
小4年　前川 もも花

第二十六回吉備路文学館　少年少女の詩

平成二九年三月一日　発行

吉備路文学館「少年少女の詩」編集委員

カバーデザイン　タケシマレイコ

発行　公益財団法人　吉備路文学館
〒700-0807　岡山市北区南方三―五―三五
TEL（〇八六）二二三―七四一一
FAX（〇八六）二二三―七四一八
http://www.kibiji.or.jp

発売　吉備人出版
〒700-0823　岡山市北区丸の内二―一一―二二
TEL（〇八六）二三五―三四五六
FAX（〇八六）二三四―三二一〇

印刷所　株式会社　三門印刷所

ISBN978-4-86069-499-9 C0095